STROMATA

SEU

MISCELLANEA CARMINA.

TOLOSÆ. — E TYPIS BONNAL ET GIBRAC,
IN VIA VULGO DICTA SAINT-ROME, 46.

STROMATA

SEU

MISCELLANEA CARMINA

AD USUM SCOLARUM SUPERIORUM

EDIDIT

E. LACOSTE-LAREYMONDIE

PROFESSOR IN COLLEGIO CONDOMIENSI ET DOCTOR IN FACULTATE DESIGNATUS.

> . . . . Ludusque repertus
> Et longorum operum finis; ne forte pudori
> Sit tibi musa lyræ solers. . . . .
>
> HORACE, *Art poétique.*

TOLOSÆ

ED. PRIVAT, BIBLIOPOLA.

IN VIA VULGO DICTA DES TOURNEURS, DOMUS SIPIERE.

—

MDCCCLV.

PRÉFACE.

Depuis la Renaissance, la poésie latine a toujours été cultivée en France. Tous les corps enseignants, les Pères de l'Oratoire, de la Compagnie de Jésus, l'ancienne Université, ont fourni des professeurs qui trouvaient leurs délassements dans le culte des muses latines. Sans parler du siécle de Louis XIV qui est redevable d'autant de grandeur au Père La Rue, à Vanière, à Santeuil, au Père Rapin, à Commire, au Père Sautel et à cent autres, que le siécle de Léon X à Vida, à Sannasar, au Pogge, à Maffée, aux trois frères Amalthéo, etc., le XVIIIe siècle, tout frondeur qu'il était et disposé à secouer les traditions et les habitudes anciennes, n'a pas rougi d'entourer d'hommages et de respects Lebeau, dont les ouvrages latins sont connus de tout professeur, le Père de l'Oratoire Giraud (Jean-Baptiste), traducteur des fables de La Fontaine, l'abbé Paul, traducteur de l'art poétique de Boileau. Mais depuis ces derniers représentants des anciens corps dévoués à l'instruction, c'est-à-dire, depuis 1804, personne, que je sache, n'a voulu s'occuper de composition de vers latins, à moins de faire entrer en ligne de compte un journal hebdomadaire de l'Empire, publié à Tours, où chacun avait le droit d'insérer ses rêves poétiques latins, et surtout M. Grancher, recteur de l'académie de Cahors, 1831.

D'où vient cette lacune? est-ce négligence, est-ce dédain? Je ne me l'explique pas bien. Quoi qu'il en soit, puisque le programme officiel n'exclut pas les vers latins de l'enseignement public, que même M. le Ministre, dans son instruction explicative de ce programme, les recommande aux professeurs, j'ai cru faire une œuvre utile, en publiant le fruit de mes délassements. Je suis loin de penser que mes vers latins aient obtenu la perfection désirable ; personne ne pourra être plus sévère que moi à l'égard de ce latin mis en hexamètres et en iambes ; mais j'ai supposé que mes collègues y trouveraient des idées nouvelles pour donner des matières à traiter à leurs élèves, et que quelques-uns, en suivant ces données, se mettraient résolûment à l'œuvre pour mieux faire. L'ode, l'églogue, la fable, le récit, rien ne manque, comme exemple de tout devoir qu'on puisse donner à des élèves déjà exercés qui y pourront faire l'application des notions littéraires de leurs cours. Je sais qu'en pareille matière la sobriété offre des avantages ; je ne publie que ce qui forme le livre le moins volumineux, ce qu'il faut de vers pour une année classique. Je pourrai plus tard donner plus d'extension à ce volume, si mes collègues le jugent digne de leur approbation.

J'ai cru convenable de dédier ce petit livre à M. le Ministre de l'Instruction publique par une ode qui est en tête; non que je veuille par là solliciter quelque faveur; on ne m'a jamais vu dans les antichambres. J'attends, je ne demande pas. Mais il est naturel que ce qui se fait dans l'intérêt de l'Université, soit appuyé du nom d'un ministre vénéré auquel nous devons la reconstruction de l'édifice universitaire sur des bases plus larges, plus solides, et qui saisit toutes les occasions qu'on lui offre de donner plus de dignité et d'essor à l'étude des lettres dont il est un des plus illustres représentants.

L'administration paternelle et les bienfaits de M. le comte de Salvandy ont rendu son nom tellement inhérent à celui de l'Université, qu'il y aurait ingratitude à ne pas le faire figurer dans un livre essentiellement universitaire, surtout dans un livre sorti d'un collége qu'il avait mis sous sa protection spéciale, et dans les murs duquel il a pris naissance. Mes vers ne sont que l'expression de la reconnaissance publique.

ODE

A M. HIPPOLYTE FORTOUL, Ministre de l'Instruction publique.

(Vers hexamètre et falisque).

Invicti regis non tincta cruore tropœa,
    Afrorumve, ducisque (1) fugacis
Horrendos cursus, aut belli tædia longi
    Cantabunt alii, rapidosque
Francigenûm nisus, terramque labore subactam;
    Sarmaticamve fidem, atque cruenta
Bella per Eoos tractus et Taurica castra.
    Ast ego quem juvat ire per hortos,
Sanguineos osus Martis populique tumultus,
    Collegii penetraria docti
Versibus exponam levioribus, utpotè grato
    Corde fluant. Arrideat alma,
Quam dudùm colo, musa, mihique minister amatus.
    O mihi si faveas, capite alta
Sidera percutiam, Mæcenas alter, et alis
    Nunc veteris per culmina Pindi,
Nunc, ut apis, celeri per florea rura volatu
    Aufferar, et lassata vago si
Musa cadit cursu, deponet munera laudum
    Ante pedes, pia thura et odores.

(1) Abd-el-Kader.

ODE

SUR L'AVEUGLEMENT DES HOMMES DU SIÈCLE.

Qu'aux accents de ma voix la terre se réveille !
Rois, soyez attentifs ; peuples, ouvrez l'oreille !
Que l'univers se taise et m'écoute parler.
Mes chants vont seconder les accords de ma lyre :
L'esprit saint me pénètre : il m'échauffe ; il m'inspire
Les grandes vérités que je vais révéler.

L'homme en sa propre force a mis sa confiance ;
Ivre de ses grandeurs et de son opulence,
L'éclat de sa fortuue enfle sa vanité.
Mais, ô moment terrible, ô jour épouvantable,
Où la mort saisira ce fortuné coupable
Tout chargé des liens de son iniquité !

Que deviendront alors, répondez, grands du monde,
Que deviendront ces biens où votre espoir se fonde,

ODE

DE CÆCITATE HOMINUM.

Ecce cano; modulis tellus commota resurgat;
Reges attenti, populique, audite canentem.
Omnia nunc taceant, præstentque his vocibus aures;
Cantibus unanimes lyra, credite, voxque sonabunt.
Ardeo divino correptus numinis œstro,
Veraque recludens cœlorum arcana movebo.

Viribus in propriis homo spes deponit amatas;
Divitiisque suis et honoribus ebrius ipse
Fortunarum opibusque ferox splendoreque turget.
Eheu! momentum fatale, diemque tremendam!
Istum cùm rapiet mors durâ falce beatum
Quem gravat infaustum moles immensa malorum.

Flos populi, proceres, quò tandem tanta recedent
hæc bona? Respondete, quibus spes maxima surgit;

Et dont vous étalez l'orgueilleuse moisson ?
Sujets, amis, parents, tout deviendra stérile ;
Et, dans ce jour fatal, l'homme à l'homme inutile
Ne paiera point à Dieu le prix de sa rançon.

Vous avez vu tomber les plus illustres têtes ;
Et vous pourriez encore, insensés que vous êtes,
Ignorer le tribut que l'on doit à la mort !
Non, non, tout doit franchir ce terrible passage :
Le riche et l'indigent, l'imprudent et le sage,
Sujets à même loi, subissent même sort.

D'avides étrangers, transportés d'allégresse,
Engloutissent déjà toute cette richesse,
Ces terres, ces palais, de vos noms ennoblis.
Et que vous reste-t-il en ces moments suprêmes ?
Un sépulcre funèbre, où vos noms, où vous-mêmes
Dans l'éternelle nuit serez ensevelis.

Les hommes , éblouis de leurs honneurs frivoles,
Et de leurs vains flatteurs écoutant les paroles,
Ont de ces vérités perdu le souvenir.
Pareils aux animaux farouches et stupides,
Les lois de leur instinct sont leurs uniques guides,
Et pour eux le présent paraît sans avenir.

Et quorum renitet magno seges apparatu?
Servi, seu comites labentur, inania cuncta,
Hâcque die, præbens nulli solatia nullus,
Digna Deo solvet vitiorum præmia nulla.

Vidistis capita ex alto cecidisse superba;
Nùm menti vobis est, quos insania torquet,
Omnibus exigere implacitam sua debita mortem?
Gratia nulla; vias quisque est aditurus opacas:
Dives, egensque boni, imprudens, imòque peritus,
Unâ lege jubente, unâ sic sorte ferentur.

Advena multus hians, et quem vorat ardor habendi,
Grandia jàm toto sorbet bona pectore, villas,
Magnaque, nominibus præclara, palatia, vestris.
Quid vobis superest extremo in tempore vitæ?
Funebres tumuli modò nomina vosque vorantes,
Secum perpetuâ claudentes omnia nocte.

Cæcati titulis homines et honore caduco
Blanditiisque leves et vanis laudibus acti,
Mentibus ejecêre suis oracula tanta.
Haud secus ac monstra et stupidum genus omne ferarum,
Incultis natura regit modò legibus istos,
Immemoresque, putes præsens vidisse, futuri.

Un précipice affreux devant eux se présente;
Mais toujours leur raison, soumise et complaisante,
Au devant de leurs yeux met un voile imposteur.
Sous leurs pas cependant s'ouvrent de noirs abîmes,
Où la cruelle mort, les prenant pour victimes,
Frappe ces vils troupeaux dont elle est le pasteur.

Là s'anéantiront ces titres magnifiques,
Ce pouvoir usurpé, ces ressorts politiques,
Dont le juste autrefois sentit le poids fatal :
Ce qui fit leur bonheur deviendra leur torture;
Et Dieu, de sa justice apaisant le murmure,
Livrera ces méchants au pouvoir infernal.

Justes, ne craignez point le vain pouvoir des hommes;
Quelque élevés qu'ils soient, ils sont ce que nous sommes.
Si vous êtes mortels, ils le sont comme vous.
Nous avons beau vanter nos grandeurs passagères,
Il faut mêler sa cendre aux cendres de ses pères,
Et c'est le même Dieu qui nous jugera tous.

Ante oculos apparet hians immane barathrum;
Ast homini ratio facilis submissaque semper
Vela oculos circùm tendit fallacia cæcans.
At patet incertis gurges sub passibus ingens,
In quo mors horrenda tegens sua pabula , mactat
Vile pecus, virgâ quod crudeli ipsa gubernat.

Hìc decus et nomen, monumentaque vana jacebunt,
Imperium, insidiæ, furto quæsita potestas,
Quorum dura olim toleravit pondera justus :
Suppliciumque manet quod jam meruêre beati ;
Invitusque Deus, sed juris conscius æqui,
Justitiæ infensos stygias detrudet ad umbras.

Justi, vos hominum ne vana potentia turbet ;
Undiquè sunt similes, quæcumque ferocia, nobis.
Istos, vos equidem si mors domat, illa domabit.
Nostros incassum fragiles laudamus honores.
Ossibus ossa patrum nostris jungenda sepulchro,
Communisque Deus leges imponet easdèm.

BACCHUS.

CANTATE DE J. B. ROUSSEAU.

C'est toi, divin Bacchus, dont je chante la gloire.
Nymphes, faites silence ; écoutez mes concerts.
Qu'un autre apprenne à l'univers
Du fier vainqueur d'Hector la glorieuse histoire ;
Qu'il ressuscite dans ses vers,
Des enfants de Pélops l'odieuse mémoire.
Puissant Dieu des raisins, digne objet de mes vœux,
C'est à toi seul que je me livre.
De pampres, de festons couronnant mes cheveux,
En tous lieux je prétends te suivre.
C'est pour toi seul que je veux vivre
Parmi les festins et les jeux.

Des dons les plus rares
Tu combles les cieux,
C'est toi qui prépares
Le nectar des dieux.

AD BACCHUM.

Laudem, Bacche, tuam deliro carmine canto.
Nymphæ, concentus nostros audite silentes.
Facta alii celebrent Pelidis clara ferocis;
Versibus exsurgant Pelopis scelera horrida prolis.
Te Sequor, omnipotens uvarum numen, amicum.
Tempora pampineis relevans redimita coronis,
Te Sequor, et quòcumque petas, tibi nunc comes adsum.
Tecum interque jocos lancesque et pocula vivam.

Eximiis imples cœli palatia donis,
    Deliciasque diis nectaris ipse paras.

La céleste troupe,
Dans ce jus vanté,
Boit à pleine coupe
L'immortalité.

Tu prêtes des armes
Au Dieu des combats.
Vénus sans tes charmes
Perdrait ses appas.

Du fier Polyphème
Tu domptes les sens,
Et Phœbus lui-même
Te doit ses accents.

Mais quels transports involontaires
Saisissent tout à coup mon esprit agité ?
Sur quel vallon sacré, dans quels bois solitaires
Suis-je en ce moment transporté ?
Bacchus, à mes regards dévoile ses mystères.
Un mouvement confus de joie et de terreur
M'échauffe d'une sainte audace ;
Et les Ménades en fureur
N'ont vu rien de pareil dans les antres de Thrace.

Liquorem hunc simul in plenis crateribus haurit
Æternosque dies læta caterva Deûm.

Bellorum arma Deo præbes ; si gaudia raptas,
Et blandæ Veneris forma venusta fugit.

Barbariem ingentis torvam superas Polyphemi ;
Teque juvante suos cantat Apollo modos.

At subitò insoliti turbant qui pectora motus !
Quæ me vallis habet sacrata, aut quod nemus altum ?
Me præsente, sua expandit mysteria Bacchus.
Gaudia sollicitant animum confusa pavorque.
Vi rapior sacrâ. Non imò Menas in antris
Talia Threïciis vidit commota furore.

Descendez, mère d'amour,
Venez embellir la fête
Du Dieu qui fit la conquête
Des climats où naît le jour.
Descendez, mère d'amour,
Mars trop longtemps vous arrête.

Déjà le jeune Sylvain,
Ivre d'amour et de vin,
Poursuit Doris dans la plaine ;
Et les nymphes des forêts
D'un jeu pétillant et frais
Arrosent le vieux Silène.

Descendez, mère d'amour,
Venez embellir la fête
Du Dieu qui fit la conquête
Des climats où naît le jour.
Descendez, mère d'amour,
Mars trop longtemps vous arrête.

Profanes, fuyez de ces lieux.
Je cède à la fureur que ce grand jour m'inspire.
Fidèles sectateurs du plus charmant des Dieux,
Ordonnez le festin, apportez-moi ma lyre.

Mater amoris, ades; festorum sis decus; adsis,
    Cùm magni canimus magna tropœa Dei.
Mater amoris, ades ; nos tandem, quæso, revisas ;
    Longius irretit te quoque Martis amor.

Ebrius et petulans vinoque et Faunus amore
    In campos sequitur Dorida præcipitem.
Atque senem Dryades Silenum avidumque bibendi
    Flumine commaculant nectaris irriguo.

Mater amoris, ades; festorum sis decus ; adsis,
    Cùm magni canimus magna tropœa Dei.
Mater amoris, ades ; nos tandem, quæso, revisas ;
    Longius irretit te quoque Martis amor.

O vulgus, procul hinc ; hodierno distrahor æstu.
Jàm mensas onerate, lyramque afferte, sodales.

Célébrons entre nous un jour si glorieux.
Mais, parmi les transports d'un aimable délire,
Éloignons loin d'ici ces bruits séditieux
    Qu'une aveugle vapeur attire.

    Laissons aux Scythes inhumains
Mêler dans leurs banquets le meurtre et le carnage :
    Les dards du centaure sauvage
Ne doivent point souiller nos innocentes mains.

    Bannissons l'affreuse Bellone
    De l'innocence des repas.
    Les Satyres, Bacchus et Faune
    Détestent l'horreur des combats.

    Malheur aux mortels sanguinaires
    Qui, par de tragiques forfaits,
    Ensanglantent les doux mystères
    D'un Dieu qui préside à la paix.

    Bannissons l'affreuse Bellone
    De l'innocence des repas.
    Les Satyres, Bacchus et Faune
    Détestent l'horreur des combats.

Illa dies sit amata simul, laudandaque nobis.
Inter lætitias hinc; sed clamosa recedant
Jurgia, quæ vino fumanti sœpè parantur.

Gens satis est Scythica inficiat convivia cæde.
Sint manibus procul innocuis Lapithum horrida tela.

Ne pateras inter veniat Bellona cruenta.
 Bacchus cum Satyris prælia tetra fugit.

Dispereant homines tragico qui pacis amantis
 Sanguine contaminant dulcia sacra Dei.

Ne pateras inter veniat Bellona cruenta.
 Bacchus cum Satyris prælia tetra fugit.

Veut-on que je fasse la guerre ?
Suivez-moi, mes amis ; accourez, combattez.
Remplissons cette coupe, entourons-nous de lierre.
Bacchantes, prêtez-moi vos thyrses redoutés.
Que d'athlètes soumis ! que de rivaux par terre !
O fils de Jupiter, nous ressentons enfin
    Ton assistance souveraine :
Je ne vois que buveurs étendus sur l'arène,
    Qui nagent dans des flots de vin.

      Triomphe ! victoire !
      Honneur à Bacchus !
      Publions sa gloire.
      Triomphe ! victoire !
      Buvons aux vaincus.

      Bruyante trompette,
      Secondez nos voix ;
      Sonnez leur défaite :
      Bruyante trompette,
      Chantez nos exploits.

      Triomphe ! victoire !
      Honneur à Bacchus !
      Publions sa gloire.
      Triomphe ! victoire !
      Buvons aux vaincus.

J.-B. ROUSSEAU, IXe Cantate.

Sit mihi bellandum ; ferte arma, venite, sodales;
Cingantur frontes hederâ, spumentque repleta
Pocula. Bacchantes, thyrsos afferte tremendos.
Undique bellantûm prostrata cadavera. Tandem,
Bacche potens, nulli tua flamma vigorque pepercit.
Potor ubique jacet rubrâ revolutus arenâ,
Turbidus aut fusi natat per flumina vini,

Sit tibi, Bacche pater, decus et gloria, laudem
    Cantemus ; victis sis quoque, Bacche, decus.

Cantibus aspira nostris, cava buccina ; clades
    Hæc resonet ; virtus, buccina, nostra sonet.

Sit tibi, Bacche pater, decus et gloria, laudem
    Cantemus ; victis sis quoque, Bacche, decus.

LA CHUTE DES FEUILLES.

De la dépouille de nos bois
L'automne avait jonché la terre ;
Le bocage était sans mystère,
Le rossignol était sans voix.
Triste et mourant à son aurore,
Un jeune malade, à pas lents,
Parcourait une fois encore
Le bois cher à ses premiers ans.

Bois que j'aime, adieu, je succombe.
Votre deuil a prédit mon sort,
Et dans chaque feuille qui tombe
Je lis un présage de mort.
Fatal oracle d'Épidaure,
Tu m'as dit : les feuilles des bois
A tes yeux jauniront encore,
Et c'est pour la dernière fois.

La nuit du trépas t'environne :
Plus pâle que la pâle automne,
Tu t'inclines vers le tombeau.

DE FOLIIS DECIDUIS.

Sylvarum foliis autumnus sparserat agros;
    Cantabat gemitus non Philomela suos.
Vitæ flore nitens, cui spes arriserat alma,
    Tum flebat juvenis, tristia fata dolens.
Solus languentique gradu moribundus amœnum
    Lustrabat, vitæ gaudia prima, nemus.

Tu nemus ô charum, valeas... mihi vita superstes
    Jam cessat; sortis me monet ista lues;
Et foliis spoliata suis quæ cernitur arbos,
    Illa mihi instantis præsaga mortis adest.
Hæc mihi dixisti, vates Epidaurius, olim :
    « Marcesset nemorum frondibus arbor adhùc;
» Hæc semel extremo annorum sub fine videbis.

    Jam circumvolitat nox tibi funerea.
Flosculus autumni non te pallentior; ipsi
    Inclinem tumulo tartara nigra vocant.

Ta jeunesse sera flétrie
Avant l'heure de la prairie,
Avant le pampre du côteau.
Et je meurs! De la vie à peine
J'avais compté quelques instants,
Et j'ai vu comme une ombre vaine
S'évanouir mon beau printemps.
Tombe, tombe, feuille éphémère!
Et couvrant ce triste chemin,
Cache au désespoir de ma mère
La place où je serai demain.
Mais si mon amante voilée,
Aux détours de la sombre allée,
Venait pleurer quand le jour fuit,
Éveille par un léger bruit
Mon ombre un instant consolée.

Il dit, s'éloigne... et sans retour!
Sa dernière heure fut prochaine :
Vers la fin du troisième jour
On l'inhuma sous le vieux chêne.
Sa mère (peu de temps, hélas!)
Visita la pierre isolée ;
Mais son amante ne vint pas :
Et le pâtre de la vallée
Troubla seul du bruit de ses pas
Le silence du mausolée.

Pampinus in clivis, in pratis non priùs herba
    Quàm tua marcidior mœsta juventa cadet.
Actum est : pauca meæ numerantur tempora vitæ,
    Et pereo ! annorum vanuit umbra levis.
Vanuit et veris blandissima, proh dolor ! ætas !
    Cui lux una sat est, triste, cadas, folium ;
Hancque viam retegas, mater ne cernat acerbum
    Mentis inops, in quo cras recubabo, locum.
Si verò lugubris amans in valle reductâ
    Accedens gemeret, diffugiente die,
Sopitos leni fremitu, precor, excute manes,
    Ut solatiolum tunc breve subveniat.

His dictis, illinc nunquàm rediturus abivit.
    Ultima namque instat funeris hora citò.
Tertia vix aurora micat, cùm exsangue cadaver
    Sub veteris quercùs stipite componitur.
Desertum mater tumulum moribunda dolore
    Inspexit ; facinus ! perfida fugit amans.
Nunc tantùm incertis pecoris pecorisque magistri
    Passibus et lætâ voce sepulchra sonant.

(Livre 1er, Elégie 1re de Millevoye.)

LE POÈTE MOURANT.

Le poète chantait ; de sa lampe fidèle
S'éteignaient par degrés les rayons pâlissants ;
    Et lui, prêt à mourir comme elle,
    Exhalait ces tristes accents :

    La fleur de ma vie est fanée ;
    Il fut rapide mon destin !
    De mon orageuse journée
    Le soir toucha presque au matin.

    Il est sur un lointain rivage
Un arbre où le plaisir habite avec la mort.
Sous ces rameaux trompeurs, malheureux qui s'endort.
Volupté des amours, cet arbre est ton image !
Et moi j'ai reposé sous le mortel ombrage ;
Voyageur imprudent, j'ai mérité mon sort.

DE POETA MORIENTE.

Cantabat vates ; pallentis flamma lucernæ
Evanescebat ; sic jàm moriturus anhelo
Talia fundebat querulus de pectore vates :

Marcida vita fugit, ceu flosculus. O breve fatum !
    Principium et finem miscuit una dies.

In ripis patula exsurgit distantibus arbos
    Cujus sub ramis gaudia morsque latent.
Fatum læthiferâ quàm triste jacentis in umbrâ !
    Insidiosa Venus (1) , arbor imago tua !
Funestis egomet jacui revolutus in umbris,
    Dignusque, imprudens advena, sorte meâ,

(1) Virgile, Ovide abondent en exemples de syllabes rendues longues par la césure.

Brise-toi, lyre tant aimée !
Tu ne survivras pas à mon dernier sommeil ;
Et tes hymnes sans renommée
Sous la tombe avec moi dormiront sans réveil.
Je ne paraîtrai pas devant le trône austère,
Où la postérité d'une terrible voix
Juge les gloires de la terre,
Comme l'Égypte, aux bords de son lac solitaire,
Jugeait les ombres de ses rois.

Compagnons dispersés de mon triste voyage,
O mes amis, ô vous qui me fûtes si chers !
De mes chants imparfaits recueillez l'héritage,
Et sauvez de l'oubli quelques-uns de mes vers.
. . . .
. . . .

Le poète chantait ; quand la lyre fidèle
S'échappa tout-à-coup de sa débile main ;
Sa lampe mourut, et comme elle
Il s'éteignit le lendemain.

(Livre 1er, 16e élégie de Millevoye).

Dormivi. Lyra, frangaris, carissima ! somno
   Haud equidem nostro vana superstes eris.
Carminaque in tumulo mecum tua spreta jacebunt
   Semper ; jura dabit non sua posteritas,
Austera quæ solio renitens et voce tonanti
   Omnibus impertit nomina nobilibus,
Ægyptus veluti quæ regum manibus æqua
   In stagni solo littore jura dabat.

Disjecti vitæ socii, carissima proles,
   Vos hærediolum carminis accipite.
Longum vestra humili musæ laus proroget ævum.
   .   .   .   .
   .   .   .   .
Cantabat vates tremulo modulamine fatum.
Labitur è manibus subito lyra fida caducis.
Vanuit et lampas ; cras lampadis instar abibit.

(Livre 1er, 16e élégie de Millevoye.)

DANAÉ.

La nuit règne ; les vents assiégent en furie
La nef où Danaé va, dans la sombre mer,
Périr avec son fils, le fils de Jupiter !
Danaé de ses bras l'environne, et s'écrie :
» Nous ne reverrons plus le rivage d'Argos ;
» Mon père me condamne aux ombres éternelles.
» Aimable et cher enfant, dors, bercé par les flots ;
» Vagues, dormez ; dormez, souffrances maternelles ! »

O mon fils, tu ne crains ni le courroux des vents,
Ni la nuit sans clarté, ni la vague sonore ;
Ton doux et jeune cœur se rit des flots mouvants
Qui passent sur ton front sans le toucher encore.
Ah ! si tu comprenais nos dangers et nos maux !
Tu sentirais aussi mes alarmes mortelles !
Mais non... Dors, mon enfant ; dors, bercé par les flots ;
Vagues, dormez ; dormez, souffrances maternelles !

DANAE.

Nox erat; immites venti sine more ruebant
    In cymbam, Danaë quâ peritura sedet;
Filius ipse simul, soboles Jovis omnipotentis,
    In gremio mater quem gemebunda fovet.
Non iterùm, exclamat, non dulce videbimus Argos!
    Umbris æternis injicit ira patris.
Care, quiesce, puer, molles jactate per undas;
    Unda, quiesce; meum triste, quiesce, malum.

Non equidem unda fremens, rabidi nec territat ulla
    Vis venti, nec te nox sine luminibus.
Fluctibus arrides, ô fili, pectore dulci,
    Queis tumidis nondùm frons tua tecta madet.
Heu! si nostra tuâ caperes in mente pericla,
    Tu sine fine metus hos quoque perciperes!
Non... requiesce, puer, molles jactate per undas;
    Unda, quiesce; meum triste, quiesce, malum.

Tyndarides brillants, dont l'éclat toujours pur
Des turbulentes mers blanchit le noir azur,
O célestes gémeaux que le nocher révère !
Ce fils d'un sang divin n'est-il pas votre frère ?
De Danaé plaintive écoutez les sanglots.
Veillez sur eux, du haut des voûtes éternelles.
Et toi dors, mon enfant, dors, bercé par les flots ;
Vagues, dormez ; dormez, souffrances maternelles !

Cyclades, chastes sœurs, qui flottez sur la mer,
Et couronnez au loin les flots bruyants d'Egée !
Je me confie à vous ; du fils de Jupiter
Attirez sur vos bords la barque protégée.
Sers une autre Latone, ô palmier de Délos !
Etends sur nous aussi tes feuilles immortelles.
Et toi, dors, mon enfant ; dors, bercé par les flots ;
Vagues, dormez ; dormez, souffrances maternelles !

N'ai-je point découvert sur les flots aplanis
Tes enfants balancés mollement dans leurs nids,
Fille du Dieu des vents, tutélaire Alcyone ?
N'ai-je pas entendu ta plainte monotone ?
Au nom de ton Céix englouti dans les eaux,
Que la docile mer se calme sous tes ailes !
O toi, dors, mon enfant ; dors, bercé par les flots ;
Vagues, dormez ; dormez, souffrances materneles !

Clari Tyndaridæ, qui semper lumine puro
    Præbetis tumidis lumina semper aquis,
O gemini, quorum veneratur navita numen!
    Natus divino sanguine frater adest.
Nunc Danaes planctus lacrymasque audite, benigni;
    A summo nobis invigilate, precor.
Tu, requiesce, puer, molles jactate per undas;
    Unda, quiesce; meum triste, quiesce, malum.

Cyclades, ô unà circùmque per æquora nantes,
    In spatio Ægæi multa corona maris,
Accipite in gremio fisos, natique tonantis
    Littoribus vestris cymbula amica volet.
Altera procedit Latona, ô Delia palma,
    Nosque tuis veles frondibus, atque juves.
Tu, requiesce, puer, molles jactate per undas;
    Unda, quiesce; meum triste, quiesce, malum.

Nonne super fluctus mihi semper visa quietos
    Mollibus in nidis pendula progenies,
Aolis Alcyone, Neptuni præsaga pacis?
    Nonne tua obsonuit lenta querela mihi?
Per Ceyca tuum, freta quem rapuêre profunda,
    Sub pennis docilis concidat unda tuis.
Tu, requiesce, puer, molles jactate per undas;
    Unda, quiesce; meum triste, quiesce, malum.

Déesse aux pieds d'albâtre, orageuse Thétis,
Du souverain des Dieux, toi, fille auguste et chère,
Tu sais, hélas! quels pleurs coûtent les jours d'un fils :
Mère, prête l'oreille aux plaintes d'une mère.
Thétis entend sa voix et dit : Nymphes des eaux,
Confiez leurs destins aux Cyclades fidèles !
Et toi, dors, mon enfant; dors, bercé par les flots ;
Vagues, dormez; dormez, souffrances maternelles !

Albapedes, dea Thetis, amansque potensque procellæ,
Omnia ducentis filia chara Jovis,
Heu ! lacrymæ notæ tibi, filius undè creetur,
Exaudi, mater matris amica preces.
Thetis ad hæc miserans : Vos, Oceanitides, inquit,
Horum fata bonis credite Cycladibus.
Tu, requiesce, puer, molles jactate per undas ;
Unda, quiesce ; meum triste, quiesce, malum.

COMBAT D'HOMÈRE ET D'HÉSIODE.

C'était dans la Calcide. A ses festins funèbres
Ganictor appelant tous les chantres célèbres,
Pleurait Amphidamas ; et des jeux solennels
Achevaient d'apaiser les mânes paternels.
Trois fois la nuit sacrée a fait place à l'aurore,
Et le cirque poudreux vient de s'ouvrir encore.
Les lutteurs sont armés de leurs cestes pesants ;
L'huile coule à flots d'or sur leurs membres luisants :
Cependant, peu jaloux d'un glorieux salaire,
Les chars ont déployé leur course circulaire.

Mais les derniers rayons du troisième soleil
Vont d'un combat plus noble éclairer l'appareil ;
Nouveaux Automédons, d'une main empressée,
Sur les essieux brûlants jetez l'onde glacée.
Vers la crèche abondante emmenez les coursiers,

CERTAMEN INTER HOMERUM ET HESIODUM.

Amphidamam flebat Ganictor. Laude celebres
In Chalcim vates acciverat undique, manes
Sacris flexuros dapibus ludisque paternos.
Ter roseis noctem digitis aurora fugârat,
Claustra tamen panduntur adhùc insignia circi;
Armantur pugiles immenso pondere cestûs;
Irrigui fluctus olei per membra nitescunt;
Et pretii currus avidi mittuntur in orbes.

Vertitur at postrema dies, cùm pugna paratur
Nobilior; citò ferventes decurrat in axes
Undæ frigus; equos plena ad præsepia ducas,

Et séchez vos sueurs aux flammes des foyers.
Que de ses longs efforts l'athlète enfin respire !
Et vous, peuple, écoutez les maîtres de la lyre :
Hésiode encor jeune, Homère déjà vieux,
Se disputent le prix des chants harmonieux.
Du laurier d'Hypocrène une branche sacrée
S'agite dans la main du poète d'Ascrée.
En ces mots il commence, et ses nobles chansons
De la lyre jamais n'empruntèrent le son.

HÉSIODE.

Sur le mont des neuf sœurs je portais la houlette :
Elles vinrent un jour, au milieu des troupeaux,
Saluer le pasteur du doux nom de poète.
Je visitai leur temple et portai leurs bandeaux.

HOMÈRE.

Une nuit je rêvai que l'oiseau du tonnerre,
Vers les bords du Mélés se jouant avec moi,
M'emportait aux confins des cieux et de la terre,
Et me disait : la terre et les cieux sont à toi.

HÉSIODE.

Filles de Mnémosyne, augustes immortelles,
O muses, vous serez mes dernières amours.

Automedon alter; siccet sudantia membra
Flamma foci, et tandem sedeat pugnator anhelus.
Nunc audi, spectator, adest annosus Homerus,
Hesiodusque simul juvenis, cantare parati
Ambo, divinis contendere versibus ambo.
Aoniæ sacrum lauri fert dextra poetæ
Ascræi ramum. Sic cantus ore resolvit',
Nec lyra carminibus præclaris assonat unquàm.

HESIODUS.

Obvia ferre pedum solito per culmina montis
   Pierii stetit docta caterva mihi,
Atque inter pecudes me dixit nomine vatem.
   Musarum hìnc vittæ templaque grata mihi.

HOMERUS.

Olim per somnos ales mihi visa tonantis
   Colludens mecum littore Meonio;
Meque ferens terræque polique per ultima, dixit:
   Servetur semper terra polusque tibi.

HESIODUS.

Natæ Mnemosynes, divæque Heliconis alumnæ,
   Deliciæ famuli, non erit alter amor.

Heureuse est la demeure où reposent vos aîles !
La palme et l'olivier l'ombrageront toujours.

HOMÈRE.

Honneur au roi des cieux ! Autant le haut Gargare
Surpasse les rochers enfoncés dans la mer ;
Autant l'Olympe altier surmonte le Tartare,
Autant parmi les dieux domine Jupiter.

HÉSIODE.

Les muses, vers le soir entrelaçant leur danse,
Couronnent l'Hélicon de leur groupe joyeux ;
Où montant vers l'Olympe, elles vont en cadence
Savourer le nectar dans la coupe des dieux.

HOMÈRE.

Jupiter ne meurt point ; le sang de l'hécatombe
Jamais ne rougira le marbre de sa tombe ;
Sur sa tombe jamais les coursiers indomptés
N'iront briser les chars, dans la lice emportés.

HÉSIODE.

Et nous, mortels promis à l'empire des ombres,
Nous verrons avant peu le nocher des enfers,

Felix ille locus quem vos obducitis alis ;
Hìc semper crescent palma et oliva simul.

HOMERUS.

Divorum domino sit honos et gloria ; quantò
Præcellit saxis Gargarus æquoreis,
Tartaraque exsuperat quantùm sublimis Olympus,
Tantùm aliis superis præstat honore tonans.

HESIODUS.

Exercent choreas junctæ sub vespere musæ,
Parnassi lætis grata corona jocis ;
Saltantesque petunt fulgentis limen Olympi,
Nectaris ut divûm pocula plena bibant.

HOMERUS.

Jupiter ignarus mortis, tumuli imbuet unquàm
Sanguine non lapidem victima cæsa suo.
Auriga haud franget, supremo in honore sepulchri,
Indomitos currus impete præcipiti.

HESIODUS.

Orco mortales debemur, præda sub umbras
Tempore itura brevi ; nos manet ipse Charon.

Et les dormantes eaux du fleuve aux rives sombres,
Qui seul de son tribut n'enrichit point les mers.

HOMÈRE.

Au terme inévitable à grands pas je m'avance :
Des travaux et des jours tu chantas l'ordonnance ;
Pour moi, faible vieillard, que le temps a glacé,
Les travaux sont finis et les jours ont cessé.

HÉSIODE.

Fils du Mélès ! Ta voix, prodige d'harmonie,
Est celle du vieux Cygne aux sons mélodieux.
L'Olympe est ton domaine, et ton puissant génie
Pénètre librement dans le conseil des dieux.
Et toutefois, des maux épuisant l'urne amère,
Mendiant repoussé de palais en palais,
Tu maudiras la vie et le jour où ta mère
Reçut l'embrassement de l'amoureux Mélès.

HOMÈRE.

Pontife d'Hélicon, tes vers sont l'ambroisie
Que la charmante Hébé verse aux banquets du ciel.
Aux rives d'Olmius, la docte poésie
A laissé sur ta bouche un rayon de son miel.
Redoute cependant les fêtes d'Ariane ;

Littore nigranti fluctuque videbitur atro
    Solus qui maribus denegat amnis aquas.

HOMERUS.

Fatiferam cursu metam pertingere cogor.
    Atque *opera* atque *dies* musa tua explicuit.
At mihi, cui vetulo frigent in corpore vires,
    Finis adest operum, desiit ipse dies.

HESIODUS.

Voce, Melegisenes, tibi, quo non suavior alter,
    Est similis cygnus funera suave canens.
Aula patet cœli tibi propria, magnaque jure
    Divûm miscetur mens tua concilio.
Telis ipse tamen Fortunæ exhaustus amaris,
    Undique pulsus, inops, atque alimenta rogans,
Horrebis vitam, miserande, diemque, parenti
    Oscula quâ rapuit pressus amore Meles.

HOMERUS.

Antistes Pindi, ambrosiam tua carmina spirant
    Hebes quam fundit candida dextra diis.
Olmî per ripas ridenti docta poesis
    Munera deposuit mellis in ore tuo.
Ipse tamen caveas ! Ariadnæ festa tremenda,

Crains l'amour, crains l'Eubée et ses flots ennemis !
Ta dernière heure est proche. Invoqué par Diane,
Jupiter Néméen aux Parques t'a promis.

Ils cessaient ; mais la foule autour d'eux réunie
Se plut à prolonger ce combat d'harmonie.
Homère alors chanta d'une sublime voix
Les peuples immolés aux querelles des rois ,
La discorde attelant les coursiers de la guerre,
L'injure aux pieds d'airain foulant au loin la terre,
Et la Grèce, d'Achille embrassant les genoux.
Hésiode redit sur un mode plus doux
Le gai printemps séchant les larmes des Hyades,
Les sept filles d'Atlas, les timides Pléïades,
Sur le front du taureau s'élevant dans les airs ;
Le soleil en vainqueur parcourant l'univers,
Et les mois, les saisons, dans leur marche ordonnée,
Suivant à pas égaux la route de l'année.
Il rappelait à l'homme, instruit par ses leçons,
Les jours chéris des Dieux, les soins dus aux moissons,
Le prix du temps, les fruits de l'austère sagesse,
Et les dons renaissants de la bonne déesse.

Ganictor, né timide et dans la paix nourri,
Aux belliqueux accords n'était point aguerri ;
Il décerna le prix aux hymnes pacifiques :

Fluctusque Euboïci, sitque tremendus amor.
Approperat postrema dies; te sæva Diana
Parcis orato tradidit ipsa Jove.

Desierant; populo verùm rogitante, canorum
Vates persequitur cantu certamen uterque.
Carmine tùm cantat resono sublimis Homerus
Exitium populi, certantûm jurgia regum.
Cur belli bijuges agitet discordia sæva,
Et pedibus terras injuria calcet ahenis,
Græciaque incumbat genibus proclivis Achillis.
Suavis at Hesiodus repetit leviore camœnâ.
Lætum ver Hyadum lacrymas dulcedine sedans,
Septemque Eoas Atlantidas, atque paventes
Pleïadas, quæ celsa petunt per cornua tauri,
Terras victorem qui lustrat lumine solem;
Tempora quatuor, et menses, ex ordine certo,
Annorum orbiculum sectantia passibus æquis.
Narrabat jampridem homini præcepta sequenti
Felicesque dies, et quà seges ipsa tuenda,
Et tempus quantùm, quantùm sapientia prosit,
Dona bonæ divæ quàm sint rediviva quotannis.

Naturâ timidus Ganictor, amansque quietis,
Utpote qui belli horreret modulamina sævi,
Cantus pacificos palmæ mercede rependit.

Une noire brebis, deux trépieds magnifiques
Du prêtre d'Apollon payèrent les talents.
Homère, un vain laurier ceignit tes cheveux blancs.
Le vainqueur, aux regards de la foule assemblée,
Du sang de la brebis dans le cirque immolée,
Apaise avant le temps la Junon des enfers,
Et les riches trépieds aux muses sont offerts.
Le vieillard se dérobe aux louanges stériles ;
Un enfant de Samos guide ses pas débiles ;
Et tous deux sans regrets quittant ces bords ingrats,
Vont chercher des amis qu'ils ne trouveront pas.

(Livre 2e des Elégies de Millevoye).

Nigra bidens, gemini tripodes, splendore nitentes,
Hæc Phœbi quæ dona tulit præclara sacerdos.
Laurus, Homere, tuos albentes vana capillos
Cinxit. Tunc victor, juxtà spectante catervâ,
In circo pecudis sacrato sanguine cæsæ
Persephonem, ne tanta cadant discrimina, placat ;
Et musis nitidi tripodes præbentur amatis.
Laudibus ingratis se victus subtrahit ipse,
Invalidumque puer Samius comitatur euntem,
Atque recedentes durâ regione requirunt
Qui sit amicitiâ dignus, labor irritus ! ambo.

(Liv. 2e des Elégies de Millevoye.)

HOMÈRE AVEUGLE.

Dieu, dont l'arc est d'argent, Dieu de Claros, écoute :
O Sminthée-Apollon, je périrai sans doute,
Si tu ne sers de guide à cet aveugle errant.

. . . .

C'est ainsi qu'achevait l'aveugle en soupirant ;
Et près des bois marchait, faible, et sur une pierre
S'asseyait. Trois pasteurs, enfants de cette terre,
Le suivaient, accourus aux abois turbulents
Des molosses, gardiens de leurs troupeaux bêlants.

. . . .

Mais il entend leurs pas, prête l'oreille, espère,
Se trouble et tend déjà les mains à la prière.
« Ne crains point, disent-ils, malheureux étranger,
» (Si plutôt, sous un corps terrestre et passager,
» Tu n'es point quelque Dieu protecteur de la Grèce,
» Tant une grâce auguste ennoblit ta vieillesse !)

HOMERUS CÆCUS.

É poemate Andreæ Chenier quædam extraxit carmina L. Lacoste-Lareymondie).

« Audi me , Deus arcitenens, Tenedonque Claronque
» Qui regis et servas , equidem, ô Sminthæe, peribo
» Si me non ducas errantem et lumine cassum. »

Tales desierat gemitus et proxima passu
Per nemora incedit dubio, lapidique rigenti
Defessus residet. Tres advenêre bubulci
Indigenæ exciti, cùm vox circumsona stridat
Rauca molossorum, balantis terror ovilis.

Passibus auditis, spe fictus, commodat aures
Permotus, panditque manus, supplexque precari
Infit. « Ne timeas, aiunt, miser hospes, amice,
(Ni potiùs fragili mortalis corpore tectus
Adsis ipse Deus, gentis tutela Pelasgæ,
Gratia sic splendet pulchræ veneranda senectæ !)

» Si tu n'es qu'un mortel, vieillard infortuné,
» Les humains près de qui les flots t'ont amené
» Aux mortels malheureux n'apportent point d'injures.
» Les destins n'ont jamais de faveurs qui soient pures.
» Ta voix noble et touchante est un bienfait des dieux ;
» Mais aux clartés du jour ils ont fermé tes yeux. »

— Enfants, car votre voix est enfantine et tendre,
Vos discours sont prudents plus qu'on n'eût dû l'attendre ;
Mais, toujours soupçonneux, l'indigent étranger
Croit qu'on rit de ses maux et qu'on veut l'outrager.
Ne me comparez point à la troupe immortelle :
Ces rides, ces cheveux, cette nuit éternelle,
Voyez, est-ce le front d'un habitant des cieux ?
Je ne suis qu'un mortel, un des plus malheureux !
Si vous en savez un pauvre, errant, misérable,
C'est à celui-là seul que je suis comparable ;
Et pourtant je n'ai point, comme fit Thomyris,
Des chansons à Phébus voulu ravir le prix ;
Ni, livré comme Œdipe à la noire Euménide,
Je n'ai puni sur moi l'inceste parricide ;
Mais les dieux tout-puissants gardaient à mon déclin
Les ténèbres, l'exil, l'indigence et la faim.

— Prends, et puisse bientôt changer ta destinée !
Disent-ils. Et tirant ce que, pour leur journée,

Si mortalis ades tamen, ærumnose viator,
Ad quos te Pelagus fluctu spumante repellit,
Fundere non homines miseris opprobria disce.
Sed Fortuna malis minuit sua munera semper.
Ambrosiam superi vocem tribuêre canoro ;
Ast oculos placuit tenebris obducere densis. »

— O pueri (puerilis enim vox corda remulcet),
Vester sermo placet solito prudentior ; autem
Semper suspicione timens mendicus amaros
Credit rideri casus ac probra parari.
Non me cœlicolûm cuiquam componere fas est,
Et rugas, crinesque istos noctemque perennem
Aspicite ; apparetne nitens frons cœlicolarum?
Sum mortalis ego, quo non magis indigus alter ;
Si quis inops, errans, miserabilis adstitit unquàm,
hunc ego rivalem posco, nec disputet alter.
Nec tamen, ut quondàm Thomyrim, contendere magno
Carminibus me cum Phæbo pro munere juvit.
Eumenidum furiis turbatus ut Œdipus alter,
De me non egomet sumpsi cædisque paternæ
Supplicium incestique mei ; puramque manebant,
Dis placitum! exitium, tenebræque famesque senectam.

— Accipe ; fata tibi numen meliora reservet !
Aiunt. Hirsutâque escam de pelle diurnam

Tient la peau d'une chèvre aux crins noirs et luisants,
Ils versent à l'envi, sur ses genoux pesants,
Le pain de pur froment, les olives huileuses,
Le fromage et l'amande, et les figues mielleuses ;
Et du pain à son chien, entre ses pieds gisant,
Tout hors d'haleine encore, humide et languissant,
Qui, malgré les rameurs, se lançant à la nage,
L'avait loin du vaisseau rejoint sur le rivage.

Des marchands de Cymé m'avaient pris avec eux.
J'allais voir, m'éloignant des rives de Carie,
Si la Grèce pour moi n'aurait point de patrie,
Et des dieux moins jaloux, et de moins tristes jours ;
Car jusques à la mort nous espérons toujours.
Mais pauvre, et n'ayant rien pour payer mon passage,
Ils m'ont, je ne sais où, jeté sur le rivage.

— Harmonieux vieillard, tu n'as donc point chanté ?
Quelques sons de ta voix auraient tout acheté.

— Enfants ! du rossignol la voix pure et légère
N'a jamais apaisé le vautour sanguinaire....
Guidé par ce bâton, sur l'arène glissante,
Seul, en silence, au bord de l'onde mugissante,

Certatim expromunt caprinâ, et poplite curvo
Triticeus panis, mellitaque ficus, oliva
Pinguis , amygdalei fructus, et caseus albus
Accipitur; panisque cani datur, æquora nando
Qui, fugiens ad herum , cursu defessus anhelo
A rate perjurâ, prohibenti remige, tandem
Humidus ante pedes recubat nunc redditus oræ.

Navita Cumanus me accepit abire volentem
Qui Cares fugiens et inhospita littora, terram.
(O mihi si patriam præberet Achaïca tellus !)
Jucundam, facilesque dies divosque petebam.
Spes etenim nobis superest , dùm vita superstes.
Ast inopem, nullis obolis turgente crumenâ,
Littus in ignotum nautæ jecêre dolentem.

— O argute senex, non cantus voce dedisti ?
Nàm tua vox pretium nautis insigne dedisset.

—Blandisono, pueri, non gutture dulcis Aedon
Unquàm vulturii rabiem sedavit edacem....
Innixus baculo duce, nec solidatus arenâ
Sola per undosi taciturnus littora ponti

J'allais ; et j'écoutais le bêlement lointain
De troupeaux agitant leurs sonnettes d'airain.
Puis j'ai pris cette lyre, et les cordes mobiles
Ont encor résonné sous mes vieux doigts débiles.
Je voulais des grands dieux implorer la bonté,
Et surtout Jupiter, dieu d'hospitalité,
Lorsque d'énormes chiens, à la voix formidable,
Sont venus m'assaillir ; et j'étais misérable,
Si vous (car c'était vous), avant qu'ils m'eussent pris,
N'eussiez armé pour moi les pierres et les cris.

— Mon père, il est donc vrai : tout est devenu pire ?
Car jadis, aux accents d'une éloquente lyre,
Les tigres et les loups, vaincus, humiliés,
D'un chanteur comme toi vinrent baiser les pieds.

. . . .

Viens, suis-nous à la ville ; elle est toute voisine,
Et chérit les amis de la muse divine.

. . . .

—Oui, je le veux, marchons; mais où m'entraînez-vous?
Enfants du vieil aveugle, en quel lieu sommes-nous ?

— Sicos est l'île heureuse où nous vivons, mon père.

Ibam, præbebamque gregis balatibus aurem
Longinqui, tremuloque æri, quod pensile tinnit.
Disposui cytharam manibus, cordæque peritæ
Debilibus pulsæ digitis sonuêre canendo.
Et precibus libuit superos orare benignos
Præsertimque Jovem miseris dantem hospita tecta,
Cùm subitò immanes terrendâ voce molossi
Assiliunt, horrorque monet jam sortis acerbæ;
Sed vos, vos equidem, direpto corpore nondùm,
Clamores lapidesque mihi tunc arma tulistis.

— O pater, his adhibenda fides. Nunc corruit omne
In pejus! Cytharâ quondam sublime (1) sonante,
Et tua sic resonat, tigresque lupique subacti
Lambebant humiles cantoris crura pedesque.

.   .   .   .

Nos sequere in nostram, brevis est via, te precor, urbem,
Quæ musis favet Iliacis, musasque colenti.

.   .   .   .

—Cedo, sequamur, ait. Sed quò via ducit egenum?
Ductores pueri; quo terram nomine dicunt?

—Nostra, pater, nutrix tibi, adest Sicos, insula felix.

(1) Cantantes sublime ferunt ad sidera Cyrni (Virg.) — Sublime, adv.

— Salut, belle Sicos, deux fois hospitalière !
Car sur ses bords heureux je suis déjà venu ;
Amis, je la connais. Vos pères m'ont connu :
Ils croissaient comme vous ; mes yeux s'ouvraient encore
Au soleil, au printemps, aux roses de l'aurore :
J'étais jeune et vaillant. Aux danses des guerriers,
A la course, aux combats, j'ai paru des premiers.
J'ai vu Corinthe, Argos, et Crète et les cent villes,
Et du fleuve Egyptus les rivages fertiles.
Mais la terre et la mer, et l'âge et les malheurs,
Ont épuisé ce corps fatigué de douleurs.
La voix me reste. Ainsi la Cigale innocente,
Sur un arbuste assise, et se console et chante.
Commençons par les dieux : souverain Jupiter,
Soleil qui vois, entends, connais tout ; et toi, mer ;
Fleuves, terre, et noirs dieux de vengeances trop lentes,
Salut ! venez à moi, de l'Olympe habitantes,
Muses ! vous savez tout, vous déesses, et nous,
Mortels, ne savons rien qui ne vienne de vous.

Ainsi le grand vieillard, en images hardies,
Déployait le tissu des saintes mélodies.
Les trois enfants, émus à son auguste aspect,
Admiraient, d'un regard de joie et de respect,
De sa bouche abonder les paroles divines,
Comme en hiver la neige au sommet des collines.

— Salve, pulchra Sicos; mihi bis ades, hospita tellus.
Jàm semel has etiam faustus sum vectus in oras.
Est mihi nota Sicos; me cognovêre parentes,
Hâc vobis ætate pares, cum lumine claro
Verisque auroræque rosas solemque viderem.
Tùnc ætate ferox animoque. In prælia, cursum,
Martis campestris choreas prior ipse ruebam.
Cretam, et centum urbes, Argos bimaremque Corinthum
Vidi; Nilicolas, fecundaque littora vidi.
Sed mare, sed terræ, seniumque, adversaque, corpus
Fregerunt miserum victumque dolore perenni.
Vox mea nunc superest. In ramo innoxia sidens
Haud aliter mala solaturque canitque cicada.
A diis principium cantûs. O Jupiter alme,
Sol qui per terras oculis noscisque videsque
Omnia; vos fluvii, mare, tu quoque, nigra furensque
Nemesis, salvete omnes? Accurrite Olympo,
Musæ! cuncta, deæ, vobis sunt cognita; nobis
Nulla nisi è vestro ignaris sunt cognita flatu.

.   .   .   .

Sic sua grandiloquus senior magnisque figuris
Elatus, sacra pandebat modulamina ritè.
Tres pueri, quibus aspectus venerabilis adstat,
Attoniti (nam prætentant reverentia mentem
Gaudiaque), è labiis liquentia carmina sacris
Mirantur, quo more nives per culmina manant.

Et partout accourus, dansant sur son chemin,
Hommes, femmes, enfants, les rameaux à la main,
Et vierges et guerriers, jeunes fleurs de la ville,
Chantaient : Viens dans nos murs, viens habiter notre île;
Viens, prophète éloquent, aveugle harmonieux,
Convive du nectar, disciple aimé des dieux.
Des jeux, tous les cinq ans, rendront saint et prospère
Le jour où nous avons reçu le grand Homère.

(Fragments d'André Chénier).

Undique cum ramis properi ad vestigia vatis
Per choreas homines, pueri, et cum virgine mixtus
Bellator, juvenum decus, et spes florida vici,
Cantabant : muros ineas, atque insula sedes
Sit tibi, sublimis vates, divine poëta,
Nectareis assuete epulis, divisque dicate.
Ipsa dicata dies, ludis quinquennibus actis,
Florebit quâ nos adiit divinus Homerus.

(Fragments d'André CHENIER.)

LA CIGALE.

(Imitation de la XLIIIe ode d'Anacréon).

Quel heureux et brillant destin ,
Cigale aimable , est ton partage !
Sous le dôme d'un vert feuillage ,
Tu bois les parfums du matin ,
Et ta voix charme le bocage.
Pour toi, les trésors des saisons
A l'envi s'empressent d'éclore ;
Le laboureur t'aime et t'honore ,
Car tu respectes ses moissons.
Ton aspect réjouit la vue :
Il chasse les sombres autans.
La messagère du printemps
En tout lieu est la bienvenue.
Chère à Phébus , chère aux neuf sœurs,
De leur divine mélodie
Ils t'enseignèrent les douceurs.

AD CICADAM.

(Ex cantiunculis Anacreontis).

Grata cicada, tibi felix et nobile fatum.
    Roris gemma fragrans fit tibi mane cibus.

Frondentesque tuo sylvæ modulamine gaudent,
    Datque ferax annus munera spontè tibi.

Agricolis venerata places; nam messibus abstas;
    Te præsente, venit ludus, et auster abit.

Nuntia veris ubique places. Te Phœbus amatam
    Pieridesque deûm te docuêre melos.

Jamais la triste maladie,
Jamais la vieillesse engourdie
N'oseront approcher de toi.
Prudente élève de Cybèle,
Dans une jeunesse immortelle,
Des ans tu sais braver la loi.
Ton corps léger, noble Cigale,
Semble n'appartenir qu'aux cieux.
Que s'en faut-il, fille des dieux,
Que des dieux tu ne sois l'égale ?

MILLEVOYE.

Nunquàm te gracilem fœdabunt lenta senectus,
   Nec tristes morbi , suavis alumna Rheæ.

Annos despiciens æterno corpore nixa
   Semperque ætatis flore decora nites.

Grata cicada , venit nitido leve corpus Olympo,
   Nec generis , divûm filia , dissimilis.

(Imitation de Millevoye.)

LA ROSE.

(Imitation de la LIIIe ode d'Anacréon).

La rose, doux présent des cieux,
Semble sourire à la nature ;
De la terre, aimable parure,
La rose est le souffle des dieux.

Vénus la reçoit ou la donne ;
Les muses en parent leurs fronts ;
Et l'entrelaçant en festons,
Les Grâces en font leur couronne.

Heureux celui qui la moissonne !
Fidèle image du plaisir,
Quoique l'épine l'environne,
On aime encore à la cueillir.

DE ROSA.

(Ex cantiunculis Anacreontis).

Munus suave deûm, nitidis subridet ocellis,
    Tellurisque decus splendet, et aura deûm.

Concedit recipitve rosam Cypris; illa corona
    Musarum, et Charitum blanda corona micat.

Dulce voluptatis signum, rosa lecta beatum
    Efficit, et spinâ septa legenda placet.

LA ROSE.

Charme de tout ce qui respire,
Vierges, elle orne votre sein ;
Poëte, elle ombrage ta lyre ;
Buveur, elle embaume ton vin.

Partout la rose : elle colore,
Des nymphes, les bras demi-nus ;
La rose est aux doigts de l'Aurore ;
La rose est au front de Vénus.

Quand elle a perdu sa jeunesse
Et son empire du matin,
Par son odorante vieillesse,
Elle prolonge son destin.

On nous raconte que Cybèle,
Lorsque Vénus reçut le jour,
Embellit son nouveau séjour
Et créa la rose pour elle.

Les dieux cultivent cette fleur ;
De son nectar, Bacchus l'arrose,
Et ce nectar donne à la rose
Et ses parfums et sa couleur.

MILLEVOYE.

Virgo, tuum decorat gremium rosa, gratia vitæ.
Potor, vina tegit, care poeta, lyram.

Et rosa fulget ubique; ferunt per bracchia nymphæ,
Eos fert digitis, candida fronte Venus.

Imperiumque rosæ cùm fugit, et alma juventa,
Fatum marcentis tardat odore suum.

Cùm Venus orta mari, narratur spontè Cybele,
Quâ sedes niteat blanda, creâsse rosam.

Est rosa culta diis. Irrorat nectare Bacchus,
Nectareusque datur spiritus atque color.

Imitation de Millevoye.

A MES AMIS.

Rions, chantons, ô mes amis !
Occupons-nous à ne rien faire ;
Laissons murmurer le vulgaire :
Le plaisir est toujours permis.
Que notre existence légère
S'évanouisse dans les jeux.
Vivons pour nous, soyons heureux,
N'importe de quelle manière.
Un jour il faudra nous courber
Sous les mains du Temps qui nous presse ;
Mais jouissons de la jeunesse,
Et dérobons à la vieillesse
Tout ce qu'on peut lui dérober.

AD SODALES.

CANTIUNCULA.

Risus ingeminent hilares ; cantemus, amici.
   Omne repellendi sit labor omnis opus.

Increpitet vulgus ; semper concessa voluptas,
   Perque leves fugiat vita jocosa jocos.

Quo sit cumque modo licitum, feliciter annos
   Degamus ; faveat lætitiæ genius.

Nos aliquandò gravi curvabit pondere Tempus ;
   Festivis igitur sit bona vita super ;

Namque ætas festiva viget, tristique senectâ
   Omnia quæ poterint subripienda diù.

DE FEMINIS.

(Traduction de la deuxième ode d'Anacréon).

Cornua queis peteret tauro natura locavit
    In fronte ; atque dedit calce feriret equus.

Concessitque pedes lepori, dentesque leoni
    Unguesque ; et volucres ipsa volare docet.

Æquoreum genus omne docet natare per undas,
    Quique foret prudens hæc dedit alma viro.

Fœmineo generi natura negâsse videtur
    Consilium. Huic ergo quæ bona dona facit ?

Omni pro clypeo teloque, atque omnibus armis
    Suffusa in facie forma decora datur.

Omnia, nam mulier vincet durissima semper,
    Ferrumque et flammas, si qua decore nitet.

DIALOGUE

Gymnasium, domus ô nostræ gratissima menti,
    Jàm tua de fundo tecta renata nitent.

Parjetesque, trabesque novæ, tabulataque surgunt;
    Apparet nulli purior ulla domus.

A quo tanta fluant generoso principe, narra
    Hæc benefacta, precor, Gymnasiarche, mihi.

— Princeps non equidem nobis hæc gaudia fecit;
    (Ne falli possis, ante monendus eras)

Civibus è nostris, Salvandy, nomen amicum,
    Nomen adorandum, tanta dedit patriæ,

Qui superis mixtus *virtute laborèque multo*
    In cives fundit munera spontè suos.

A M. LE COMTE DE SALVANDY

QUI A FAIT RESTAURER LE COLLÉGE DE CONDOM.

Pridem collegium sortem deflebat iniquam ,
    Præsidium nullâ sufficiente manu.
Ad sua despectas tendebat numina (1) palmas.
    Opprobrium cœli ! turpe jacebat inops.
Nudi squalebant parjetes , templa vacabant
    Discipulis , tristis verba camœna dabat.
Duro' stabat humi monumentum nobile fato ,
    Et miseræ patriæ fama decusque vetus (2).
At divus melior (3), Francorum admissus Olympo,
    Terrarum dominus, præbet amicus opem.
Urbis qui fuerint plausus vix credere fas est ,
    Cùm lætas subiit nuntius ille domos.
Haud aliter gaudet damnatus crimine mortis ,
    Vita favore ducis cui recidiva datur.

(1) Les protecteurs et les députés puissants du département.
(2) Le collége de Condom a toujours été en renom.
(3) Un Dieu meilleur, M. de Salvandy.

Nec mora; jàm validis manibus lignarius urget
    Tignos, et lapides jàm lapicida locat;
Exercet faber æra quibus firmentur et asses;
    Auxiliante Deo, fervet ubique labor.

Advena miratur donum, miratur et almus
    Quòd tantam dederit spontè minister opem.
O utinam liceat nostris, ut tempore prisco,
    Templa sacrare diis! Hæc tibi sacra forent.
Optime, te saltem Cytharâ tollamus ad astra,
    Et nomen celebrent sæcula longa tuum.
Tantaque ne fugiant fragili de pectore forsan,
    Marmore prælucent scripta superposito :

« Muneribus cumulata tuis urbs nostra, minister,
    » Vovit amicitiam collegiumque suum.
» Posteritas leget hæc muris inscripta refectis :
    » Salvandy patriæ dat memor hæc memori (1).

Mars 1846.

(1) La ville de Condom a vu naître M. de Salvandy, qui lui a rendu des services comme à son lieu de naissance, et la ville en est reconnaissante.

ROME APRÈS LA DÉFAITE D'ALLIA.

RÉCIT.

Cladis ubi fama horrificæ vulgata per urbem,
Increbuitque simul Gallos retulisse triumphum,
Omnes insolito moti terrore (per aures
Talis enim rumor non ullus venerat ante
Italiæ dominis), conclamant : Vincimur, ô dii !...
Vincimur !... ô nunquàm Romanis dedecus istud
Accidat !... utque fides veris fuit addita rebus,
Romanos sternit pavor : immotique videntur
In portis ; mox ambiguam metus iraque mentem
Præcipitant. Pavidâ passim trepidatur in urbe.
Omnia fæmineo gemitu et clamore resultant,
Matrumque exemplo pueri ploratibus implent
Vicos atque domos. Fluere urbem sanguine credas.

At romana minùs casu perterrita pubes
Frangitur haud animo ; sed contrà audacior ardet,
Atque hostem rata continuò adventare furentem,
Et genere imbelli vicina per oppida misso,

Armis instructi Capitolia ad alta, sacrorum
Jampridem larium et patriæ munimina, currunt.
Majestate tamen patres atque ætate, verendi
Quorum olim viguit virtus et gloria, menti
Infixum retinent certæ succumbere morti.
Vestibulum ante suum stantes in sede curuli ,
Impius expectant hostis dùm cæde trucidet,
Bella quibus tàm sæpè et longa senecta pepercit.
Lethalis venit hora feri quâ mænia Galli
Invadunt, referens horresco, urbemque ruentes
Per vacuam patres solos, alimenta furoris,
Inveniunt, et ludibrio cum verbere jacto,
Incerti divos videant ex æthere lapsos,
Mactant, perque vias, infandum'! corpora volvunt.
Ast ultura brevì facinus romana juventus
Præsidium tenct, anseribusque juvantibus, agmen
Se per saxa trahens saxis deturbat ab altis.
Usque revertebant, expulsi longiùs armis,
Et nomen rabidis tollendum et gloria Romæ,
Ni subitò externâ veniens regione Camillus
Immemor exilii, pacem vel dona negantes,
Milite collecto, cunctos stravisset ad unum ;
Ut fuerit nemo patriam qui è strage moneret.

L'EMPLOI DE MA JOURNÉE

EN 1824, A 20 ANS.

Horologî campana meas vix percutit aures,
    Et numerum horarum tinnula quinque replet,
Nulla mora, exiliens è stratis induo vestes,
    Et silice excusso, sulfure flamma venit.
Confestim struo ligna foco, cartâque juvante
    Ignem subjicio. Membra sedile capit.
Sedes est humilis, vario distincta colore,
    Atque amplexa diù membra rotunda patris;
Gratum hærediolum quod semper nomen amicum
    Advocat, et memoris pectora dulce fovet.
Vermiculis semesa, tamen prætendere nondùm
    Bracchia cessavit ; tendit et usque mihi.
Toto mane vacans operi, revolutus in illâ,
    Opperior resonet bis quater hora scolæ.
Auribus hìc frustrà obtusis græco atque latino,
    Exeo morosus pigritiam increpitans.
Indè (moræ spatium modicum) peto tecta puellæ
    Quam latiæ linguæ docta cupido tenet.
Quàm juvat hìc tandem nostros recreare labores !
    Virginis impigræ dulcis imago placet.

Vix nonnulla dedi præcepta molesta jocando
    Invitum mensæ cùm rapit hora citò.
Gymnasii postquàm dapibus vinoque refeci
    Vires, rursùs adhùc me scola longa vocat.
Hìnc urbem spatior circùm, mea tædia fallens,
    Et lepidis relevas pectus, amice, jocis.
Post ubi nox adigit nostros reflectere cursus,
    Ingreditur calidos quisque repentè focos;
Expectoque operi incumbens dùm tintinet hora
    Octava et mensæ munera grata peto.
Fallimus hìc longas risu et sermonibus horas,
    Hinc tardusque redux membra recondo toro.
Si requies operum datur, indulgere labori
    Si vacat, ardenti corde revolvo libros.
Porta patet nulli, nisi quis veneratior adsit,
    Et toto, meditans scripta, laboro die.

Hoc fuit auspicium vitæ, cùm triste magister
    Collegium subii, pulsus amore patris.
Hæc si nota tibi bona, si fastidia rumpas,
    Gaudebit tecum docta Minerva bono.
Solus vive, stude solus; nam fervidus æstu
    Si socios foveas, non labor ullus erit.
Aversum studio, ludique cupidinè tractum
    Tempus et æs fugient; incidet hora mali.

POEMA

DE TURCICO BELLO, ANN. D. 1854.

« Turcas ad veteres tandem remeare penates
Tempus adest; hinc diffugiant; gens barbara saltus
Barbaricos repetat, nec turpi numine sedes
Inquinet has celebres, olim cunabula nostri
Magna Dei. Patriarcha dabo jura, atque verendas
Leges, rexque Deusque simul gaudebimus ambo.
Conatus, cineresque pios, et sceptra parentûm
Testor, non dabitur mora, donec, littore Thracum
In primis Istrique absterso, sede fruantur
Purâ Sauromatæ, niteant Bysantia rursus
Mænia, et omnipotens mecum altera Roma resurgat,
Romanoque throno sedeat Nicolaus alto. »

Hæc secum versabat ovans Nicolaus, ille
Regnator Scythiæ, quem Sarmata servus adorat,
Degeneresque Getæ Dacique, ad littora Serum.

Ad nutum accurrunt proceres, auditaque, flexo
Poplite, jussa ferunt alacres. Trepidatur ab omni
Parte Asiæ, ad fluctus quos nobilis Hafnia potat,
Codanumque sinum, incertis horrida maria nautis.
Accelerant quibus arma placent, laudumque cupido;
Lentiùs accedunt mortem baculumve parentes,
Et quos Phasis alit, Tanaïsque, ignotaque pigri
Oceani vada, quosque tegit regio ardua sylvis,
Extremique hominum Pygmæi. Turba fit ingens
squalida vestitu, facieque et rudibus armis;
Turba parùm ducibus, minimè noscenda tyranno.

Audiit armorum strepitum, vocesque minaces
Danubius, turgensque suis vehementiùs undis
Intumet et verbis timidas sic excitat urbes :

Confusas audite minas quas jactat acerbus
Sauromatum princeps (quis regnat iniquior alter?)
Invidus indomitæ genti, turcisque propinquis.
Quòd si mox aderit ripis, ne terreat horror
Armorum, clamorque ferox, tormentaque belli
Ferrea. Causa pavoris abest. Ego flumine pontes
Intrepido rumpam, subitòque rapacibus undis
Per fluctus homines et equos atque arma carinis
Subvolvam, nec erit quisquis transcendere possit.
Aut si forte queat tandem, conamine luso,

Irati huc aderunt Turcæ sociique fideles
Franci magnanimes primùm, indomitique Britanni
Ferro qui vastas cingunt et classibus oras.
Milite collecto castella implete parata.
Quanta meum manet imperium nunc gloria ! Vestris,
Urbes finitimæ, tollet se gloria rebus.
Mænia parva manet quantum decus, Oltenitza,
Barbaricas terrore potes si pellere gentes !
Præsidium spesque imperii, Silistria, claram
Fata parant sortem, si, me mussàque juvante,
Deturbare vales horrentia bella minasque.
Impar si numero virtus, nostrique furores,
Mox mihi subveniet caro de littore, terror
Sauromatûm triplex, cunctisque horrentior, alter
Napoleon ; solidis adsit fiducia rebus.

Dixerat, et tutus mediis se condit in undis.
Undique fervet opus, lapidesque et tigna trahuntur;
Pondere plaustra gemunt cæmentûm, mænia surgunt,
Surgunt et turres, flammas mortemque vomentes.
Stantque viri circùm, totâ regione vocati,
Ulturi patriam, fortisque opprobria gentis.

Haud tulerat tandem ipse Abdul (1), Bysantius heros
Regnatorque potens, tantos instare tumultus.

____

(1) Abdul-Medjid, le jeune empereur des Turcs.

Ad nutum venêre duces, Rizausque (1), Saïsque (2),
Ambo pares animo, Reschidius (3) ille peritus
Consilii, qui cum Velyo (4) benè cuncta gubernat,
Husseniusque (5) ferox, quos inter magnus Omerus (6)
Austria quem genuit; Turcis concessit habendum
Laudis amor, belli quem nulla pericula terrent.
Multi præterea patriæ quos cura remordet.

Audistis, socii, circumstent quanta pericla.
Frendent Sauromatæ ; stimulis Nicolaus actus
Irarum, ambitione furens, Bysantia regna
Concupit, ambagibusque suis confisus et armis,
Finitimum agminibus tentat transcendere flumen.
Mox Angli Francique simul per littus amici
Subvenient, virtute diù famâque feroces
Qui mortem rapido sonitu fulmenque tremendum
(Jàm nos experti nimiùm) jaculantur in hostes.
Annona intereà navesque virique parentur,
Tu Saïs Asiacas servabis ab hoste petendas
Ipse propheta Schamyl quas dudùm protegit, oras;
Consilioque manuque potens, insignis Omere,

(1) Riza-Pacha, ministre de la guerre.
(2) Saïd-Pacha, qui commande les armées d'Orient.
(3) Reschid-Pacha, une des plus fortes têtes de la Turquie.
(4) Vely-Pacha, actuellement ambassadeur en France.
(5) Hussein-Pacha, grand guerrier, successeur de Moussa-Pacha, à Silistrie.
(6) Omer-Pacha, généralissime des armées turques.

Bello Danubii ripas urbesque celebres
Illicò tu repetas, hàc ingruet hosticus horror.
Grandia fata manent Istrum, sociumque laborum!
Vos alii comites, ponetis in ordine mecum
Cuncta per imperium. Haud aberit sapientia rebus,
Undè bonum, integritas, jus et victoria surgent.

Fama per Europam volat intereà omnia bello
Orbe sub Eoo misceri, instareque Turcis
Sauromatas, quòd et Europæ fera causa malorum.

Francia prima suas mittit classesque virosque
Qui socia arma ferant, juris solamen honesti,
Quosque juvat pridem veterum meminisse laborum,
Francia, quam stimulat nuper rediviva ruinis
È mediis aquila atque ingens ducis umbra verendi.
Subsidioque simul venit Anglus mercis et æqui
Defensor, qui duratum per sæcula bellum
Oblitus, tandem nunc gallica duplicat arma.
Vera cano; tam nequitiæ invidiosa cupido!
Tardiùs associat vires dubia Austria, Teuto
Ipse diù ambiguus, quem jura jugalia jungunt
Hostibus; incertum verò mora longa retardat.

Francigenis aliter visum. Citò fervidus æqui

Tutor Napoleon, non passus tanta moveri
Impatiensque moræ, nec temporis immemor acti,
Arnaldum (1) factis in Afros virtuteque clarum
Immittit; rapidusque comes cum milite lecto
Campirobertus (2) atrox sequitur, quem terra triumphis
Africa concelebrat; vires Bosquetius (3) addit.
Napoleonque (4) recens nostris immixtus in armis,
Nominis ille memor, patrios sectatus honores
Vadit in auxilium, mortemve decusve daturum.

Axene (5) Ponte, tremas; ignota per æquora fluctus
Concuties, sese ventosa superbia tollet;
Sed frustra; cum classe virisque Hamelinus in undas
Irruit intrepidus, littusque invadere bello
Injustum audebit, nec erunt qui pellere possint.
Unus fortè suas portus jàm proteget arces (6).
Horrida quæ strages malefidæ impendet Odessæ !
Se domitam forsan neget; at sua mænia dicent
Diruta mendacem et naves flammæque vorantes.

(1) Le maréchal Leroy de Saint-Arnaud, ministre de la guerre.
(2) Certain-Canrobert, le plus brillant, le plus hardi, le plus indomptable, *atrox*, des officiers venus généraux d'Afrique, aide-de-camp de l'Empereur.
(3) Le général Bosquet, aussi brillant officier de l'armée d'Afrique.
(4) Napoléon, fils de Jérôme, héritier présomptif de l'empire.
(5) Ovide a dit :

  Frigida me cohibent Euxini littora Ponti
   Dictus ab antiquis Axenus ille fuit.

(6) Sébastopol en Crimée.

Taurica terra pavet, Caffâ fumante, Palusque
Mæotis stupet inferri per inhospita classes.
Caleïum (1) vix ingressâ rate, præpete fertur
Quisque fugâ, pugnæ laudisque pericula vitans.

Caucaseas iterùm reboant ululata per urbes
Bella, Schamilque audax invictas suscitat iras.

Parte aliâ properant socii in Bysantia regna,
Gallipolim, Varnamque et vicini ostia Ponti,
Undè petant Hœmum, secura repagula, et Istrum,
Si ferat occasio, ut lapsis succurrere possint.
Nam fretus numero juris contemptor et æqui,
Fluminis et ripas atque omnes straverat urbes
Hostis sarmaticus ; mox Oltenitza ruendum
Viderat obsidio murum, exitiumque parari ;
Sed subitò exardens animis insignis Omerus,
Cum sociis Turmisque feris comitantibus, hostes
In medios ruit intrepidus. Victoria pennis
Incertis volitans, multo jàm sanguine fluctus
Tinxerat ; at tandem felix, exosa dolosos
Barbaricas cogit pugnâ decedere turbas.

(1) Redout-Kalé.

Gaudia non equidem Turcis diuturna renatis.
Namque hominum horrendas, ut labem proluat, hostis
Conglomerat nubes, flammataque verbera vibrat.

Urbs veteri bello, Silistria nomine, clara,
Quam dexter rapidis lambit circumfluus undis
Danubius, quinas arces erecta per auras,
Dudùm sanguineos ridet secura furores.
Intùs Mussa (1) sedens ullique interritus hosti
Mænia militibus lectis castellaque complet.
Hìc nunc insanâ bacchatur mente, recenti
Sarmata clade furens, teterrima voce minanti
Ostentans, urbemque feris assultibus urget.
Non patitur tantos produci Mussa furores.
Armis multa etenim castella invadere nisos
Fulmine disturbat, turmisque sequacibus actos
Interemit gladiis, stratosque per æquor apertum
Morte aut vulneribus videas, miserabile dictu !
Cæsorum cumulos gemebundaque corpora passim.

Nec satis est furiis placitum ; postrema parantur
Hinc illinc iterùm conamina ; flamma minatur
Arcibus, immensâque acie postesque viasque

---

(1) Moussa-Pacha mort héroïquement à la défense de Silistrie, dont il était gouverneur.

Transgressâ, jam castra trahunt labefacta ruinam.
Ast Ister qui fata suis meliora precatus
Urbem non patitur sortem tolerare sinistram,
In sese torquens fluctus, et turbidus irâ
Per ripas tumidus concordibus æstuat undis.
Hostica castra virique simul pontesque voluti
Merguntur, nec, quod servet vestigia, restat.
Proripitur subitò reliquos et Mussa per hostes,
Nec superest nisi cui tribuit fuga prompta salutem.

Hìc operum finis : nostri sub fine laboris
Sisto, poetâ, gradum. Nàm ex illo tempore pugnam
Sauromatæ renovare timent, ne Francus et Anglus
Unanimes veniant ambo per fluminis oras.
Auspicium faustum ! Ast utinam victoria tristes
Exequias Mussæ et luctum cavisset amarum !
Non totus moriere tamen, tu nobilis heros.
Quod si forte novos ferat hostica turba tumultus,
Subvenient comites, alterque imitabitur heros.
Sublimes, tibi sit requies, sublimia gignunt.

FABULA.

(Cum iambis trimetris et dimetris).

OVES ET LUPI.

Oves societas junxerat quondàm Lupis
    Cum trucibus iræ concitas
    Mctu, tcgcre gulæ famem
Qui cupidi, ab ovibus pignore recepto, diù
    Fidem penitus haud dirimere
    Student ; aberat ovis tamen
Tùnc una, tùnc altera, frequenter de grege.
    Terrore percitum tacet
    Balans pecus, ut amicus et
Fæderis amans non alia jaciat crimina.
    Quid plura? Damnosam trahit
    Ovile vitam, quippè quod
Semper minuitur improbâ ingluvie Lupi ;
    Qui pacis exosus suæ
    Plura petit ab amicis bona,

Tutiùs ut hostes arceat stabilis fides.
        Non tulit aviditatis gulæ
        Crementum Ovis, clàmque excitis
Canibus, ferum lupina gens exhorruit
        Bellum ; molossis, haud mora,
        Ruentibus, strage facili
Jàm fractus, et clausis benè latebris, latro
        Humilis rapinamque referens
        Pacem ab ovibus nùnc candidam
Canibus catellisque rogat, obsidibus datis.

        Statuisse benè Turcas monet
        Hæc fabula, vocare socios,
Bysantium ne rapiat avidus Sarmata.

ODE

SUR LA VICTOIRE DE L'ALMA, LE 20 SEPTEMBRE 1854.

Victoriam, strepentibus pennis, plagas
Ad Occidentis audii præstantia
Tropæa referentem ; antecedebat comes
Volucris pudorem hosti, ducibus et gloriam
Partita nostris atque militibus, canens
Prodigia clangore tubæ. Ubique sonas, placens
Alma , celebrem cantat stupens te sæculum.

Timet tyrannus quem timebant proximi,
Qui juris Europæque contemptor, minas
Jaciebat horridas. Inops animi haud suas
Miratus arces mæniaque bysantia,
Sitiebat avidus mitiora mare et sedem,
Immemor amici (1), principisque boni (2), nefas !
Alma, celebrem cantat stupens te sæculum.

(1) L'Empereur d'Autriche.
(2) Louis-Napoléon, empereur des Français.

Tutela pacis atque præsidium, memor
Te celebrat orbis, Francia, simulque Albion
Protecta navibus sociaque animi inclyti.
Utramque tollet fama validam ad sidera,
Quam sequitur humilis, quam superbi pertremunt.
Triste sonat amnis, triste reboant littora.
Alma, celebrem cantat stupens te sæculum.

Quis sanguis, ô dii ? Inquinat Orestis plagas !
Perfidus ad aram victimas adigit novas.
Flamma tonat, ingruuntque gladii, fitque atrox
Internecio ; turpes latebras Barbari
Repetunt. Fugit qui trucibus obstitit ictibus,
Solidâque timidus vitam in arce citò tegit.
Alma, celebrem cantat stupens te sæculum.

Arnaldus at contrà rapidus audaciâ
Ferox, fugaces mactat. Heu ! patiens feri
Doloris, haud diutiùs tulit, et necis
Impar, remeat ad astra cinctus gloriâ.
Sit tibi triumpho data quies ; non inclytus
Deficiet alter qui repagula destruat.
Alma, celebrem cantat stupens te sæculum.

IDYLLIUM.

CORYDON.

Thyrsi, salute tuâ lætor ; fugitivus ab agris
Jamdudùm, quò nunc repetas, aut quò via ducit ?
Patriciâ togulâ festum celebrare videris.

THYRSIS.

Haud equidem, Corydon, nobis genialia cordi.
Urbis enim nocuæ fallacia dona perosus,
Nunc humilis campos et rustica tecta reviso.
Félix ! rura mihi semper si culta fuissent,
Solliciti meliora patris præcepta secuto.

CORYDON.

Postremùm « pejora sequi, pejora subire »
Vidisti, nec jam raptat cæcata libido.

Pauperis ergò domûs placuerunt limina sacra ;
Urbibus immixtum piget ; et sapis, utpotè nunquàm
Urbes agricolæ possint habitare quieti.
Non benè conveniunt etenim otia ruris et urbis.
Hìc si contentus parvo lætare per agros,
Sufficiunt animo, cunctorum gaudia, ludi.
Posteraque incumbunt operi ultrò corpora sueto.
Luditur haud unquam, nisi parturiente crumenâ,
Urbanis, qui festa agitant inhonesta frequenter.

THYRSIS.

Non hæc dicta nego ; tua nàm sententia menti,
O Corydon, nostræ residet ; sed tractus amore
Ludorum, curisque levis, frenoque solutus
Gaudia cum sociis quæsivi insuetus in urbe.
Non equidem turpes egomet fraudesque dolosque
Et rixas narrabo, quibus circumdatus annum
Transmisi, miseri matrisque patrisque peculi
Immemor impensæque, alieno perditus ære.
Tu Lumen, Nestorque pagi, præcepta petenti
Da, quæso. Monitum pudeat me vertere cursum.

CORYDON.

Indocilis præcepta sequi plerùmque juventus.
Si te suadet amor recti meliora videre,
Ne pigeat ruris solitos perferre labores.

Multos rura juvant, quos sive negotia pellunt
Urbibus, aut strepitûs fastidia, vel mala vitæ
Tædia, curarumve quies, medicinaque luctûs.
Hìc animos recreant viridantes messibus agri,
Flore nitens arbos, vel poma gravantia ramos,
Vinitorque canens, messorque oneratus aristis,
Et nemus umbrosum, distinctaque prata colore.
Sobria mensa febres adigit, morbosque malignos.
Membra vigore novo pollent consueta labori
Assiduo quem cogit amor moderatus habendi.
Hìc mulcent lepidam pietas et gaudia mentem,
Hìc meliùs colitur virtus; hinc turpia facta
Discedunt, alibì haud agitur felicius ævum.

THYRSIS.

O Corydon, patrem te vero nomine dicunt
Pastores; pater alter eris mihi sæpè monendo;
Antè Garumna suos repetet conversa recessus,
Quàm cedant memori dignæ de pectore grates.
Nunc ego subsidium patris et solamen amicum,
Utilis assiduo labem reparabo labore.

MORALE.

Arbor alit frondes ; intortæ quercubus hærent
    Antiquis hederæ ; lilia rore vigent.
Præpes avis melius volitat per aperta, lacusque
    Radit hirundo volans, stagnaque cycnus amat.
Papilio sectatur amans floresque rosamque.
    Ventis vela tument : semina sulcus habet.
Saxa sedent monti, sequitur declivia rivus ;
    Flavescens in agris spica calore patet.
Lex sua cuique placet ; quod si, sortite laborem,
    Naturam fallas, omnia prava cadent.
Si detrectat homo in miseris sua munia terris,
    Omnia vertuntur ; surget inane chaos.
Saltibus egressus vicinas curret in urbes
    Horridus ipse leo ; per mare nabit aper ;
Compagibus ruptis merget terrestria Pontus ;
    Hirsutisque seges vepribus arva dabit.
Per vacuas urbes eversaque mænia turpes
    Errabunt angues, attonitæque feræ.
Sol alios sparget radios, aurora colores ;
    Ordine confuso perdita terra tremet.

EPIGRAMMA.

AD VANULUM.

Vestibus illustris, bellusque, opibusque renidens,
  Totas munditias spargis ubique tuas.
Quòd placeas oculis, elatâ fronte tumescis.
  Vanule, quæso, cave : tu nihil intùs habes.

ACROSTICHON

IN QUO ENUMERANTUR VIRTUTES NAPOLEONIS UTRIUSQUE.

N omen adorandum populis quos Gallia nutrit,
A gelidis terris ad torrida littora notum,
P er gentes domitas terrorem incussit, et intùs
O mnibus inscriptum monumentis nobilè restat.
L eges et mandata dedit quæ spontè sequuntur
E lati cives, milesque appellat in armis
O mine felici ; nec Christo dèfuit unquàm.
N omen, magne nepos, iterùm tolletur ad astra.

FIN.

ERRATUM:

A la page 80, à la place du 8e vers, mettez les trois suivants :

Quam veteris servo munus amicitiæ.
Altiùs affectans socius concessit habendam,
  Cùm meritus petiit nobile collegium.

TABLE DES MATIÈRES

CONTENUES DANS CE VOLUME.

TRADUCTIONS.